「獻給我的朋友女巫伊斯特，我想永遠跟你玩在一起。」
——荷西‧卡洛斯‧安德列斯

「獻給我的哥哥埃米里奧。」
——亞力山德羅‧蒙塔尼亞納

小小象不想睡覺！

作者：荷西‧卡洛斯‧安德列斯 (José Carlos Andrés)
繪者：亞力山德羅‧蒙塔尼亞納 (Alessandro Montagnana)｜譯者：小樹文化編輯部

出版：小樹文化股份有限公司
社長：張瑩瑩｜總編輯：蔡麗真｜副總編輯：謝怡文｜責任編輯：謝怡文｜行銷企劃經理：林麗紅
行銷企劃：蔡逸萱、李映柔｜校對：林昌榮｜封面設計：周家瑤｜內文排版：洪素貞

發行：遠足文化事業股份有限公司（讀書共和國出版集團）
地址：231 新北市新店區民權路 108-2 號 9 樓
電話：(02) 2218-1417｜傳真：(02) 8667-1065
客服專線：0800-221029｜電子信箱：service@bookrep.com.tw
郵撥帳號：19504465 遠足文化事業股份有限公司
團體訂購另有優惠，請洽業務部：(02) 2218-1417 分機 1124

ISBN 978-626-7304-15-0（精裝）
法律顧問：華洋法律事務所 蘇文生律師
出版日期：2023 年 7 月 26 日初版首刷

特別聲明：有關本書中的言論內容，不代表本公司／出版集團之立場與意見，文責由作者自行承擔。

Quiero jugar antes de dormir
© Text: José Carlos Andrés, 2023
© Illustrations: Alessandro Montagnana, 2023
© NubeOcho, 2023
Complex Chinese translation rights arranged through
Andrew Nurnberg Associates International Ltd. on
behalf of S.B.Rights Agency – Stephanie Barrouillet
Complex Chinese Translation © by Little Trees Press

小樹文化官網　　小樹文化讀者回函

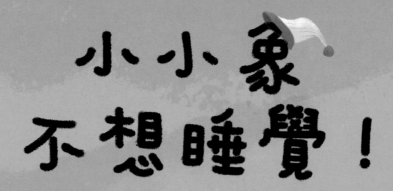

小小象
不想睡覺！

荷西‧卡洛斯‧安德列斯（José Carlos Andrés）—— 著

亞力山德羅‧蒙塔尼亞納（Alessandro Montagnana）—— 繪

小樹文化
Little Trees

當夜幕低垂，非洲大草原上的一切變得很不一樣。
許多動物躺臥在草叢中，
有些動物爬上樹，有些則回到水池裡。

短短幾秒鐘，四周就安靜了下來。
大草原一片寂靜……噓──

「爸爸！！！我不想睡覺，我想要玩！」

「噓！小小象，大家都在睡覺了。」大象爸爸說。

「爸爸，對不起，可是我還想玩……」
「現在不是玩耍的時間。現在是睡覺時間，你看長頸鹿也在睡覺。」
「長頸鹿會在晚上睡覺嗎？」

大象爸爸輕輕的唱……

「高高的長頸鹿，靜靜的睡著了。
噓——安靜點；噓——安靜點。
長頸鹿好安靜，大家都好安靜。
噓——安靜點；噓——安靜點。」

「爸爸，我不想跟長頸鹿一樣那麼愛睡覺！
我不想睡覺，我想玩！
我要……變成一隻斑馬到處跑！」

砰

砰

砰

砰

砰

砰

砰

「小小象，你會吵醒大家。
為什麼不像蛇一樣躺下來呢？」
「蛇會在晚上睡覺嗎？」

大象爸爸輕輕的唱……

「長長的大蛇，靜靜的睡著了。
噓——安靜點；噓——安靜點。
大蛇好安靜，大家都好安靜。
噓——安靜點；噓——安靜點。」

「大蛇好無聊，整個晚上都在睡覺……
我不想睡覺，我想玩！」

「我要……變成一隻狐獴，保持警覺不睡覺。」

「三更半夜當狐獴？」大象爸爸問。

「你不知道你吵醒大家了嗎？」

「為什麼不學學那隻鬣狗呢？」
大象爸爸說。

「好呀！我來學鬣狗。」

哈
嘻　　　呵
嘻　　嘿嘿

「笑死我了！
我笑到肚子痛！」

「其實我不是在笑，
而是在學鬣狗叫。」

大象爸爸耐心的解釋：
「不不不，小小象……
壯壯的鬣狗，靜靜的睡著了。
噓——安靜點；噓——安靜點。
鬣狗好安靜，大家都好安靜。
噓——安靜點；噓——安靜點。」

「爸爸，你的朋友都好無聊！
晚上只會安安靜靜的睡覺，」小小象說，
「但是我不想睡覺，我想玩！
我要……變成一隻鴕鳥飛上天。」

小小象爬上大石頭、
用力一跳。

咦？趕快拍拍大耳朵！
但是……

砰

「小小象，鴕鳥不會飛。
已經很晚了，你應該學學鱷魚。」
大象爸爸說。

「爸爸，我猜看看。
鱷魚啊，靜靜的睡著了。
噓——安靜點；噓——安靜點。
鱷魚好安靜，大家都……好……安……」

小小象終於累壞了，沉沉的進入夢鄉。
一切都靜了下來，大草原好安靜……噓——

大象爸爸用長長的鼻子環抱著小小象、閉上了眼睛。

這時，剛剛被小小象吵醒的
那些動物，正偷偷的靠近。

「啊！爸爸，發生什麼事了？」

「哈囉！小小象，你把我們吵醒了，
我們現在也不想睡覺，我們想跟你玩！」

「可是……可是……可是我現在好累喔。
我不想玩，我想要睡覺。你們看小老鼠也在睡覺了。」
小小象解釋。

「小老鼠會在晚上睡覺嗎？」大家異口同聲的問。

小小象輕輕的唱：
「小小的老鼠，靜靜的睡著了。
噓——安靜點；噓——安靜點。
小老鼠好安靜，大家都好安靜。
噓——安靜點；噓——安靜點。」

「……總算睡著了。」
大象爸爸打了個呵欠、閉上眼睛。

非洲大草原終於安靜了下來。
大家都安靜了下來……噓——

▌荷西・卡洛斯・安德列斯 José Carlos Andrés———— 著

儘管職涯選擇是教師，但因爲戲劇進入了他的生活，荷西從來沒有實際擔任過老師。當他第一次站上舞台，荷西發現讓聽衆歡笑，就像仙女的掃帚或是巫師的魔杖一樣神奇。荷西的爸爸、媽媽，還有妹妹經常叫他「小丑」，而他最終也成爲了眞正的「小丑」。自從某一次戴上紅鼻子之後，荷西便以此逗他人歡笑，並且看見歡笑如何幫助生活。

其著作包含兒童劇本和繪本，繪本作品如：*Adopting a Dinosaur*、*The Journey of Captain Scaredy Cat*、*Ozzy the Ostrich* 等等，幫助小朋友藉由歡笑克服內心恐懼。

▌亞力山德羅・蒙塔尼亞納 Alessandro Montagnana———— 繪

童書作家、插畫家，擅長創造可愛的動物角色，述說角色間的情感，作品有：*Il Sole Sorge*、*A Rock in the Ocean*、*Rotolo*、*I Am a Prince!* 等等，現居義大利。